Das Abendessen

Ich habe sie gleich wiedererkannt. Ich war etwas früher zu den Gates im Kennedy-Airport gegangen, in die Rauchersektion, wo ich sie sitzen sah, diese noch immer zierliche Frau, älter geworden war sie, natürlich, hatte sich sonst aber kaum verändert, auch das Haar hatte noch diesen leuchtend kastanienbraunen Ton. Dabei mußte sie, wenn ich richtig rechnete, 46 sein. Sie trug Jeans, ein weißes langärmeliges Hemd, darüber ein ausgewaschenes, blaues kurzärmeliges T-Shirt. Neben dem Sessel stand eine große Fototasche. Sie las in sich versunken ein amerikanisches Taschenbuch, dessen Titel ich nicht erkennen konnte, und hin und wieder führte sie ohne aufzublicken die Zigarette zum Mund, rauchte langsam, ohne jede Gier, eher beiläufig, und doch lag eben darin etwas betont Lustvolles. Getroffen hatte ich sie nur einmal, bei einem Abendessen, vor knapp zwanzig Jahren, allerdings das merkwürdigste Abendessen, das ich erlebt habe. Sie und ihr Mann hatten uns eingeladen, Gisela und mich. Das mit Gisela war eine dieser kurzen Freundschaften, die – es waren die freizügigen siebziger Jahre – schnell geschlossen wurden und sich ebenso schnell und meist problemlos wieder auflösten. Gisela war mit Renate befreundet. Von Renate, genannt Princy oder auch Princess, hatte ich schon vorher viel gehört. Ein damaliger Freund, Lionel, der wie Renate Kunstgeschichte studierte, beschrieb sie mir als wunderschön, aber schwer erträglich. Sie hat immer eine kleine Stofftasche bei sich, darin ein Kissen, das sie sich auf die Bänke in der Uni, aber auch auf Stühle und Sessel legt, nicht etwa wegen eines Bandscheibenschadens, sondern um etwas höher zu sitzen. Und dann gibt sie, wenn man mit ihr unterwegs ist, irgend jemandem diese Stofftasche kurz zum Halten und vergißt sie regelmäßig in der Hand des anderen, so daß ihr immer jemand diese Tasche nachträgt. Eine Prinzessin auf der Erbse. Perfekt, sagte Lionel, äußerlich perfekt, ja wunderschön, sehr zart, aber eben auch mit diesem Selbstverständnis ausgestattet, zerbrechlich zu sein. Wie diese Stofftasche trägt sie auch einen Anspruch mit sich herum: Ihr andern seid erschienen, mich fürstlich zu bedienen. Princess. Und nun hat sie auch noch ihren Frosch gefunden. Ramm heißt der Typ, sagte er, hat Geld und eine Glatze, ist sonst aber behaart wie ein Orang-Utan.

Wart ihr mal schwimmen?

Nein, aber seine Hemden sind für seinen Bauch immer zu knapp geschnitten, also drängt sich zwischen den Knöpfen das Bauchfell durch, rötlichbraun, das Fell eines Yetis. Lionel hatte, als er mir das erzählte, schon einiges getrunken, und seine Erregung über Ramm und Renate bestätigte den Verdacht, daß er sich ziemlich in sie verliebt hatte.

Nein, sagte Gisela, die Renate am besten kannte, sie ist ganz anders, sehr konsequent, aber eben zugleich wirklich hilflos, wie von einem anderen Stern.

Ich war neugierig auf die beiden, auf Renate wie auf Ramm. Sie hatten erst vor drei Monaten geheiratet und gerade eine Altbauwohnung mit sechs Zimmern in Eppendorf bezogen. Eine übergroße Wohnung für zwei Personen. Die Wohnung war grundrenoviert, die Stukkatur säuberlich ausgekratzt, es roch nach Farbe. Zimmer von einer ruhigen weißen Leere, ein Tisch, schwarz, die Stühle ebenfalls schwarz, die Sessel schwarze Lederwürfel von Le Corbusier, mit Chromspangen versteift, an der Wand etwas Abstraktes, Rot und Blau waren über eine Leinwand heruntergesuppt.

Renate war, wenn ich mich recht entsinne, gerade 26 geworden, sah aber aus wie siebzehn. Alles an ihr war zierlich, die Beine, die Finger, die Hände, die Ohren, die Ohrläppchen, der Hals, Nase, und alles stimmig, tatsächlich makellos, man suchte regelrecht nach einem störenden Detail, hätte sie wenigstens einen schiefen Schneidezahn gehabt, aber sogar die Zähne waren ebenmäßig. Lediglich die Stimme irritierte, so tief, wie sie war. Sie paßte einfach nicht in diesen zierlichen Körper. Auch das Lachen nicht, ein dunkles, eigentümlich rauhes Lachen. Ich mochte dieses Lachen, denn es ließ mich jedesmal wieder aufhorchen. Wenn wir alle lachten, hörte ich immer nur ihr Lachen. Und wenn ich sie ansah, war es, als lachte, warm und lebendig, eine dieser Schaufensterpuppen, die damals als perfekt plastifizierte Mädchenfrauen die Kaufhausschaufenster bevölkerten. Ich gab mir denn auch an dem Abend die größte Mühe, Renate zum Lachen zu bringen.

Ramm war viel älter als sie, fünfundvierzig, also für uns damals, die wir Mitte Zwanzig waren, uralt. Das Seidenhemd spannte sich über seinen Bauch, und tatsächlich war ein Knopf aufgesprungen, und ein paar dunkelbraune Haare lugten hervor. Ramm hatte etwas schütteres Haar, aber keineswegs eine Glatze, wie Lionel behauptet hatte. Warum ausgerechnet den, hatte Lionel immer wieder gefragt, diesen Yetifrosch.

Der Grund ist doch ganz einfach, hatte Gisela gesagt.

Da bin ich aber gespannt!

Sie langweilt sich nicht mit ihm. Ramm ist witzig und für jede Überraschung gut. Außerdem kocht er hervorragend. Und er legt ihr alles, sich selbst sogar, zu Füßen.

Ramm war freundlich, souverän, mit einem guten Sinn für Komik und Selbstironie. Er kam viel in der Welt herum, arbeitete in einem Büro für Unternehmensberatung, das auch international agierte. Wir erzählten von Professoren, Seminararbeiten und Hörsälen, während er gerade aus New York zurückgekommen war. Schon eine Taxifahrt durch Manhattan brachte mehr Stoff als ein Monat an der Uni in Hamburg. Damals, Mitte der siebziger Jahre, war es an den Hochschulen wieder ruhig geworden, keine Streiks mehr, keine Institutsbesetzungen, keine Wasserwerfer vor dem Philosophenturm. In dem grauen Betonklotz gingen die Leute wieder ihren Studiengängen nach, wenn sie nicht an Selbstmord dachten.

Er habe, erzählte Gisela, auf einem der sonst so faden Sonntagsspaziergänge Renate gefragt, ob sie ihn heiraten wolle, und als sie antwortete, bist du verrückt, habe er ja gesagt und sich ausgezogen – es war Winter, einer der seltenen schneereichen Winter in dieser Stadt – und sich auf dem Alsteruferwanderweg vor ihren Augen nackt im Schnee gewälzt. Willst du mich heiraten? hatte er gerufen, immer wieder: Willst du mich heiraten? Erst hatte sie nur gelacht und dann schnell ja gesagt, denn Spaziergänger näherten sich, eine Familie mit drei Kindern und Hund.

Außerdem – die treibende Kraft kleiner, doch sehr konkreter Wünsche ist nicht zu unterschätzen – hatte sie sich schon immer eine große Altbauwohnung gewünscht. Als Kind sei sie in so einem langen Wohnungskorridor Rollschuh gelaufen, ihr Vater war früh gestorben, und ihre Mutter mußte mit Renate in eine kleine Neubauwohnung ziehen.

Mach du doch bitte den Wein auf, sagt Ramm zu mir und reicht mir vorsichtig eine Flasche aus dem Holzregal. Diamond Creek 1973, aus Kalifornien, ein Cabernet Sauvignon. Und du, Renatekind, sagt Ramm, wenn du schon mal bitte die Rotweingläser hinstellst.

Und Renatekind reckt sich, stellt sich auf die Zehenspitzen, die spitzen Absätze der Pumps heben sich, der Minirock zieht sich noch weiter über die zierlichen Oberschenkel hoch, sie streckt den braungebrannten Oberarm aus, und der tiefausgeschnittene Blusenärmel gibt den Blick auf die kleine, zartweiße Brust frei, ihre Hand streckt sich, die Finger kommen dennoch nicht an die Gläser. Sie hätte jetzt einen Stuhl heranziehen und hinaufsteigen können, aber sie blickt sich hilfesuchend um, da sagt Gisela, die gute einsachtzig mißt und im studentischen Ruderclub als Schlagfrau im Vierer ohne Steuermann schon mehrere Preise auf der

Alster geholt hat: Komm, laß mich mal ran, und Gisela greift in den Schrank und holt die Gläser heraus. Ramm hatte uns nach einem extra trockenen Oporto in die Küche dirigiert, eine dieser Küchen, in denen man zu zehnt sitzen kann und die nach dem letzten technischen Stand eingerichtet war, alles glänzte, strahlte. Nur manchmal, sagt Renate, wenn Ramm kocht – sie nannte Ramm nur beim Nachnamen –, riecht es so nach Horn.

Nein, sagt Ramm, das ist nicht Horn, das ist Lack, aber ein Naturlack. Hab ich extra drauf bestanden. Wenn wir erst ein paarmal gekocht haben, verliert sich der Geruch.

Vielleicht liegt es doch an der Platte. Vielleicht hättest du doch eine Mikrowelle einbauen lassen sollen, sagt Renate.

Nein, sagt er, die lehne er ab, prinzipiell. Alles wird beschleunigt, auf der Straße, in der Luft, im Büro, in den Beziehungen, da muß man sich wenigstens beim Kochen Zeit nehmen. Leider gibt es kein Gas hier. Nur auf einer Flamme kann man präzise kochen. Dafür zeigt er uns eine technische Neuheit, brandneu, wir bestaunen einen Elektroherd mit einer durchgehenden Keramikplatte, darunter leuchten glührot die Heizringe. Ein Material, sagt Ramm, das bei den milliardenschweren Anstrengungen, einen Fuß auf den Mond zu kriegen, abgefallen ist. Ramm hat etwas von Eric Clapton aufgelegt und klopft den Takt mit einem Holzkochlöffel auf die schwarzgranitene Anrichte. Erst muß die Platte heiß werden, und zwar richtig, erklärt er uns, dann die Pfanne draufstellen, ebenfalls richtig heiß werden lassen. Er holt das Kartoffelgratin aus dem Ofen, zwei Mickey-Mouse-Topflappen, heiß! heiß!, stellt die Schüssel auf den Tisch. Da, sagt Renate, die nie kocht, gar nicht kochen kann, aber wie sie von sich behauptet, eine gute Nase hat: Sag mal, das riecht doch schon wieder nach verbranntem Horn. Etwas zischt auf der Herdplatte und verdampft.

Ramm geht, schaut nach, nein, nichts, vielleicht ein Stück Käse vom Gratin.

Sonderbar, sagt Renate, schon gestern und vorgestern, immer wenn wir kochen, zischt es. Und dann jedesmal dieser widerliche Geruch nach verbranntem Horn.

Wir sitzen, trinken Diamond Creek, und ich erzähle, während Renate vom Gratin nascht, von einem Onkel, der die Kartoffelsorten herausschmekken konnte, von dem ich jedesmal erzähle, wenn es ein Kartoffelgericht gibt. Alle schmecken dann und versuchen den Geschmack der Kartoffel zu beschreiben. Wie schmeckt die Clarissa? Die Sprache reicht da einfach nicht aus. Ramm sitzt nachdenklich, schmeckt und schmeckt, sagt, allerdings haben wir Knoblauch dran, das überdeckt natürlich den Geschmack, und er trommelt wieder mit den Zeigefingern den Takt auf den Küchentisch, und vom Herd ist ein kleines Ploff zu hören, und wieder riecht es nach verbranntem Horn. Sonderbar, sagt Renate, nascht von dem Kartoffelgratin, das riecht schon wieder nach Horn. Sie kaut. Ekelhaft. Und wieder macht es ploff und wieder.

Da, schau mal, sagt Gisela, was da kriecht. Alle springen auf, da kommt schon die nächste durch den edelstahlverkleideten Rauchabzug direkt über dem Herd, fällt auf die Herdplatte, eine dicke fette Kakerlake, marschiert zielstrebig auf die Kochplatte los, auf diesen leuchtenden Kreis zu, zögert, rennt los, wie von der rotglühenden Platte angezogen, wird aber immer langsamer, so als müsse sie durch einen Sumpf waten, in den sie auch tatsächlich einzusinken scheint, dann, einen winzigen Augenblick nur, wölbt sich der Chitinpanzer auf, es macht dieses kleine Ploff, und ein Rauchwölkchen steigt auf, der Gestank nach verbranntem Horn. Renate sieht uns an, mit ihren tief entsetzten blauen Kinderaugen, ja, hilfesuchend blickt sie kurz mich, dann Ramm an und reißt die Hand vor den Mund, springt auf, stürzt los, durch den Gang, wir laufen hinterher, rufen Renate! warte! Sie kotzt, sie kotzt einen verwackelten Strahl rechts und links an die schneeweiße Wand, den ganzen langen Korridor entlang, den sie so liebt, weil er sie an das Rollschuhlaufen erinnert, sie stürzt in die Toilette, schließt sich ein.

Ramm klopft vorsichtig an die Tür: Renatekind! komm raus, ruft Ramm. Hörst du. Ist doch nicht so schlimm. In Afrika essen einige Stämme dauernd Kakerlaken. Eine gute Proteinquelle.

Von innen wird das mit überlauten Kotzgeräuschen beantwortet, dann folgt ein mitleiderregendes Röcheln.

Ramm klopft zart mit dem Fingerknöchel an die Toilettentür: Komm, Renatekind, mach auf. Ich wisch dich ab. Einen Moment ist es still, und in diese Stille hinein sagt Ramm, ein Indianerstamm in Kalifornien treibt Heuschrecken auf einen Kreis glühender Kohlen, die rösten die Heuschrecken, um sie sodann genußvoll zu verspeisen.

Abermals Würgegeräusche.

Kommt, sagt Ramm zu uns, sie ist da etwas empfindlich. Wir setzen uns wieder in die Küche. Ramm sagt, ich habe Kakerlaken gesehen, so groß wie Mäuse, in New York, in einem Luxushotel, dagegen sind dies hier kleine possierliche Tierchen.

Mögt ihr, er hielt ein Steak mit der Gabel hoch. Ich nicke tapfer, Gisela sagt mit der Bestimmtheit der Viererschlagfrau: Nein.

Verstehe. Er legt zwei Steaks in die Pfanne. Es zischt. Nie das Fleisch vorher salzen, das zieht den Saft raus. Erst muß die Oberfläche sich schließen. Darum muß die Pfanne sehr heiß sein. Ich starre auf den Rauchfang. Sonderbarerweise kommt keine Kakerlake mehr aus dem Rauchfang, obwohl jetzt noch der Geruch nach gebratenem Fleisch hochsteigt.

Kakerlaken sind äußerst vielseitige Tiere, können fliegen, laufen, tauchen. Ich glaube, sagt Ramm, die kommen nur, wenn man klopft. Warten regelrecht darauf, daß sie gerufen werden.

Die sind abgerichtet. Wißt ihr, warum?

Keine Ahnung, sage ich, während Gisela immer noch gebannt auf den Rauchfang starrt. Sie hätte jetzt einfach aufstehen und auf den Balkon gehen können. Sie hätte sagen können: Ich schöpf mal frische Luft.

Die Tierchen haben in den achtzig Jahren, seit das Haus steht, einen eigenen hausspezifischen Gencode entwickelt, der eben auf dieses Klopfen zähen deutschen Rindfleisches reagiert. Die wußten, es klopft, also gibt es etwas zu fressen. Da wurden erst von den Köchinnen, dann von Hausfrauen die Schnitzel weichgeklopft, all die Jahre, da gab es was zu essen, und dann kamen sie kritze kratze anmarschiert, ließen sich runterplumpsen, dort unten standen früher nämlich die Abfalleimer. Ramm nimmt die Steaks vom Herd, legt eines auf meinen Teller, schneidet es an, rot das Fleisch, noch blutig. Gut so?

Ja, sage ich heroisch.

Er stellt die Pfanne in den Abwasch, geht zur Anrichte, klopft mit dem Löffel kurz den Clapton-

Rhythmus mit, und tatsächlich kommt sogleich eine Kakerlake, wie herbeigerufen, purzelt auf den Herd, rennt los und verwandelt sich in Rauch.

Gisela steht auf, nicht so hektisch wie Renate, aber doch zielstrebig, geht, nein, läuft aus der Küche.

Ramm ißt mit Genuß sein Steak, nickt beim Kauen bestätigend mit dem Kopf. Ich zwinge mich, nicht zum Herd zu blicken, sanft schneidet das Messer ins Fleisch, in das dunkle Braun, dann Grau, schließlich Rot, aus dem noch etwas Blut sickert. Die sitzen natürlich im Luftschacht, da kannst du streichen, wie du willst, kannst alles mit Stahl und Chrom bepflastern, die sitzen im Hausgedärm und freuen sich. Womit sie nicht rechnen, das ist diese tückische Platte, lassen sich wie eh und je fallen, in all die schönen Abfälle, statt dessen landen sie auf dieser warmen Fläche, laufen los auf ihren Füßchen, gleiten wie auf Glatteis, nur daß es plötzlich heißer wird und heißer, und schon kleben die Füßchen fest, rennen weiter, die Füßchen schmelzen, sie wollen mit ihren Stummelflügeln auffliegen, aber da ist es schon zu spät, die Flügel von der Hitze verklebt – und dann machts nur noch ploff.

Willst du nichts vom Gratin?

Nein, danke.

Gisela ruft von der Wohnungstür: Ich muß an die frische Luft. Sie schlägt die Tür hinter sich zu. Ihr müßt, sagt Ramm, mal mitkommen, nach Lagos, und zeigt mit gespreizten Fingern die Kakerlakengröße, die wachsen, je nachdem, wieviel sie fressen. Aber da ist Gisela schon draußen.

Schade.

Auch ich sage, schade, höre von fern das Weinen, nein, das Wimmern aus der Toilette.

Ich rufe: Tschüs, Renate, aber als Antwort ist nur erneutes Würgen zu hören.

Ich laufe die Treppe hinunter und atme tief durch. Gisela steht da und wartet. Die Straße ist erfüllt vom Duft der blühenden Linden.

Eine Woche später erzählte mir Gisela, Renate sei aus der Wohnung von Ramm ausgezogen. Kurz darauf ging ich nach München und Gisela nach Berlin. Seitdem haben wir uns nicht mehr gesehen.

Das Signallicht zum Einsteigen leuchtete auf, kurz danach sagte eine Lautsprecherstimme, die Maschine nach Frankfurt sei zum Einsteigen bereit. Ich sah, wie Renate das Buch wegsteckte, aufstand, ihre schwere Fototasche nahm und ganz selbstverständlich schulterte. Ich ging zu ihr, genaugenommen nur, um ihre Stimme zu hören, diese eigentümlich tiefe Stimme. Renate?

Ja, sagte sie mit dieser tiefen Stimme, und sie sah mich an, suchte in meinem Gesicht ratlos nach jemand Bekanntem.

Wir haben uns einmal bei einem Abendessen gesehen, damals in der neuen Wohnung, die Sie gerade mit Ihrem Mann bezogen hatten. Das war so eine merkwürdige Geschichte mit den Kakerlaken.

Ach herrje, sagte sie, mit dieser tiefen Stimme, und lachte ihr eigentümliches rauhes Lachen. Dann haben Sie ja gerade das Ende meiner kurzen Ehe erlebt. Vielleicht können wir uns zusammensetzen, sagte sie. Aber ich saß mit meinem Billigflugticket in der Economy-Class, und sie flog Business-Class. Zwei verschiedene Eingänge trennten uns beim Einsteigen.

Nach dem Essen und nachdem der Film *IQ* gezeigt worden war, kam Renate in die Economy-Class, setzte sich neben mich. Sie fragte, was ich mache. Und ich fragte sie nach Gisela. Haben Sie keinen Kontakt mehr? fragte sie.

Nein, damals, kurz nach dem Abendessen, bin ich nach München gegangen.

Gisela ist Kinderärztin in Berlin, sagte Renate, allerdings habe sie Gisela nun auch schon seit einigen Jahren nicht mehr gesehen.

Und was machen Sie?

Ich fotografiere. Ich bin Fotografin geworden. Nach dem Magister hab ich angefangen zu fotografieren, habe eine Fotoschule in Paris besucht.

Als sie mir ihren Nachnamen nannte, den Mädchennamen, den sie wieder angenommen hatte, war ich überrascht, denn ich kannte den Namen. Ich hatte schon Fotos von ihr gesehen, nur hatte ich bis dahin diesen Namen nicht mit ihr, die ich als Renatekind kennengelernt hatte, in Verbindung bringen können.

Sie reist durch die Welt und fotografiert für *Time Magazine, Life, Vogue, Du* und *Geo* Künstler, Musiker, Politiker, sie reist durch Städte, Dschungel und Wüsten. Unvorstellbar, wenn man sie damals erlebt hatte: diese betont hilflose Haltung allen Dingen gegenüber. Und so wie Gisela sie mir beschrieben hatte, ohne jede Gehässigkeit, sondern eher mit einem leisen Mitleid: Bei Überweisungen konnte sie gleich drei Postbeamte mit dem Ausfüllen des Formulars beschäftigen. Sie stand derart verzweifelt vor ihrem Fahrrad, die Luftpumpe in der Hand, daß sich ein Auflauf von Männern bildete, die sich darum rissen, ihren Reifen aufzupumpen.

Lionel behauptete, sie sei faul, eine zielgerichtet eingesetzte Ungeschicklichkeit, die ihre Faulheit geschickt tarne. Aber Gisela sagte, nein, sie ist so. Das ist nicht Faulheit. Sie ist eben wirklich sehr zart und einfach hilflos. Der Lionel hat bei ihr nie landen können. Denn das ist sie auch, sehr konsequent.

Diese Geschichte, sagte sie, damals, mit den Kakerlaken, war ganz wichtig. Danach konnte ich jahrelang kein Kartoffelgratin mehr essen. Aber auch das hat sich gegeben, und inzwischen habe ich gesehen, wie Heuschrecken geröstet und gegessen werden, habe sogar ein ganz gutes Foto davon gemacht. Allerdings selbst eine zu essen, das hab ich dann doch nicht gebracht.

Es war für mich damals der Ausbruch aus der Ägyptischen Gefangenschaft. Ramm tat bis dahin alles, wirklich alles, was ich von ihm verlangte.

Wenn ich sagte, ich will heute allein schlafen, dann legte er sich nicht ins Gästezimmer, sondern bat mich, daß er sich in den Schlafzimmerschrank setzen dürfe, um wenigstens meinen Atem zu hören. Gut. Er setzte sich in den Schrank. Die ganze liebe lange Nacht hockte er im Schrank. Er wollte mich doch atmen hören. Und er hat dann natürlich nicht geschlafen. Zwang mich aber dadurch, wie ich dann merkte, ebenfalls nicht zu schlafen, denn ich hatte immer Angst, ich könnte, was ich sonst, soweit ich weiß, nicht tue, schnarchen. Diese Vorstellung, er sitzt im Schrank und hört mich schnarchen, ließ mich einfach nicht einschlafen, so daß ich mich immer fragte, soll ich nicht einfach sagen, komm ins Bett? Aber eben das wollte ich nicht. Morgens ging er in sein Büro, unausgeschlafen, genaugenommen fix und fertig, ging aber und blieb bis in den Abend und prüfte die Produktionsabläufe der Firmen. Ich weiß nicht, was. Hat mich auch nie interessiert. Es ging immer darum, etwas einzusparen: Leute, Zeit oder einfach nur Geld. Er kam an solchen Tagen, wenn er die Nacht zuvor im Schrank gesessen hatte, nach Hause und brachte einen karmesinroten, olivgrünen, preußischblauen, bimssteingrauen Seidenschlüpfer mit, auch Korsagen, Tops – ich hätte damals eine Lingerie eröffnen können – und sagte: Probier das mal an, dann ging er in die Küche und rief: Renatekind, worauf hast du heute abend Lust?

Genaugenommen wollte er, daß ich ihn bestrafe. Er wollte diese Quälerei, denn er wußte ja auch, daß ich wach liege. Er hörte das durch die Schranktür, meinen unruhigen Atem, mein unterdrücktes Hüsteln. Ich dachte immer, ein Bauch und Selbstquälerisches passen nicht zusammen. Aber das stimmt nicht. Wenn er aß und schmeckte, dann sah er aus wie ein verzogenes Kind. Ich hätte ihn schlagen können. Buchstäblich. Ich glaube, ich hätte ihn, was ich früher nie von mir gedacht hätte, geschlagen, ich hätte mich in Leder kleiden und ihn auspeitschen können. Es war etwas Quälerisches in seiner Genußsucht. Zugleich hätte er mich weiter als Renatekind gehalten. Aber dann kam diese Geschichte mit den Kakerlaken, sagte sie, sie sei aus der Gästetoilette gekommen, und Ramm habe sie sofort, verheult wie sie war, unter dem Vorwand, sie zu trösten, geküßt, nicht etwa die Wangen, sondern habe ihr gleich die Zunge reingerammt, ihr fast die

Bluse zerrissen, sie ins Bett gezogen, wo er über sie regelrecht hergefallen sei, sie, die so schwach, der so elend war, gedrängt, bedrängt, bequatscht, befingert, und wie sie dann – ihr größter Fehler – ihm nachgegeben habe, einfach aus Schwäche, weil sie glaubte, sich so ablenken zu können. Dann aber hatte sie den Eindruck, seine Haare röchen nach verbranntem Horn. Und da habe sie plötzlich würgen müssen und über seine Schulter hinweg gekotzt, was ihn aber nicht abgehalten, sondern ihn nur noch wilder gemacht habe. Ja, sagte sie: doch, er roch nach verbranntem Horn.

Heute kann ich darüber lachen, sagte sie und lachte tief, schüttelte dabei aber den Kopf. Am nächsten Morgen, Ramm war schon im Büro, bin ich aufgestanden, habe mich gründlich geduscht, meine Sachen gepackt, einen Koffer nur, habe all die gerüschten Höschen, karmesinrote, preußischblaue, lindgrüne, hellgraue, die Büstenhalter und -heber genommen, bin in die Küche gegangen, habe die Reizwäsche auf den Küchentisch geworfen, den Dijonsenf darüber ausgeleert und auch den Weißwurstsenf, denn Ramm war ein Liebhaber von Weißwürsten, habe die Heizplatte angestellt, auf Stufe III gedreht, eine Mayonnaise-Tube genommen und auf die schwarzgranitene Küchenanrichte in einer schwungvollen Mayonnaisenschrift geschrieben: Guten Rutsch!

Ich habe kurz mit den Kochlöffeln auf die Anrichte getrommelt, bin rausgelaufen, habe hinter mir die Tür zugeschlagen und stand im Freien.

Danach bin ich für zwei Monate zu meiner Mutter nach Osnabrück gezogen und habe mich später von Ramm scheiden lassen. Problemlos. Ich habe allerdings auch keine Unterhaltsforderungen gestellt.

In der Kabine ging das Licht an. Es roch nach Kaffee. Bald würde das Frühstück serviert. Ich schob das Rollo hoch, und einen Moment saßen wir nebeneinander, schwiegen und blickten aus dem Fenster. Im Osten war schon ein heller Streif zu sehen, vor dem sich deutlich die Krümmung des Horizonts abzeichnete. Dort drehte sich die Erde der Sonne entgegen. Die zarten Wolkenschlieren, die weit vor uns lagen, leuchteten schon orange.

So, sagte sie und stand auf, bis nachher, wir sehen uns dann ja in Frankfurt.

Sie war schon hinter dem Vorhang zur Business-

Class verschwunden, da entdeckte ich das Kissen, das sie auf dem Sitz vergessen hatte, ein handliches kleines Kissen, daran angenäht waren zwei kleine Stoffgriffe. Ich hatte gar nicht bemerkt, daß sie es mitgebracht hatte, konnte mich auch nicht entsinnen, es im Abflugraum gesehen zu haben, jedenfalls lag es jetzt da und wartete darauf, mitgenommen zu werden. Ich nahm das Kissen in die Hand, federleicht war es.

Nicht morgen, nicht gestern

Die Flut drängte in die Bucht. Das Holzboot, das eben noch schräg an seiner Ankerkette im Schlick gelegen hatte, schwamm jetzt und hatte sich mit dem Bug zum Meer gedreht. Der große Wind hatte die Wolken aufgerissen, das Blau leuchtete, und ich sah hier zum ersten Mal die Sonne.

Er wird, dachte ich, eben dies beim Schreiben vor Augen gehabt haben, die Bucht mit den gegenüberliegenden Hügeln, den Wiesen, den dunkelgrünen Gehölzen im wechselnden Licht und vor allem das Wasser, das kam und wieder verschwand, eine Schlickfläche zurückließ, mit einem Priel und Reihern darin und alten Männern, die nach Muscheln gruben, bis die Flut kam, wie jetzt, aufgewühlt vom Sturm.

Dicht am Steilhang lag sein Haus, die Wände

weiß getüncht, das schiefergedeckte Dach in einem verwaschenen Grau, die Fenster, die Regenrinnen blau gestrichen, davor, wie aus dem Fels herausgesprengt, der kleine Garten, Blumen und Büsche darin, rot und gelb, blaßrosa der Oleander und eine üppige Bougainvillea, eine leuchtende Farbigkeit, wie man sie am Mittelmeer vermutet, aber nicht an dieser Küste. Unten im Garten stand die Reisegruppe und in ihrer Mitte Marc, der etwas erklärte, auf die Felswand deutete, auf das Haus, auf die Bucht. Ich konnte hier oben und bei dem Wind nicht hören, was er sagte, nur den Applaus, der einen Moment später folgte. Die Leute standen da und klatschten. Ich wäre gern mit der Gruppe im Garten geblieben, aber Marc hatte darauf bestanden, daß ich schon vorgehen und oben auf der Straße warten sollte. Wieder wurde unten applaudiert, dann sah ich die Leute die Treppe hochsteigen. Ich hörte ihr Lachen, ihr Reden, sie kamen zu mir, verabschiedeten sich, wünschten eine gute Reise. Die pensionierte Regierungsrätin rief mir zu, immer schön links fahren! Nächstes Jahr treffen wir uns im Yeats-Haus. Aber dann nicht nur so kurz. Und viel Spaß noch! Und sie zwinkerte mir verschwörerisch zu.

Danke, ja, und gute Heimreise.

Sie winkte nochmals und verschwand mit den anderen hinter der Biegung des Kliffwegs. Weiter unten, auf der Straße, wartete der Bus, der die Gruppe nach London zum Flughafen zurückbringen sollte.

Marc kam, legte mir den Arm um die Schulter und sagte: Geschafft.

Schade, sagte ich, ich hätte gern zugehört.

Diese Verabschiedungen, jedesmal dasselbe, dieselben Sprüche, dieselben bemühten Floskeln. So neben ihm gehend, wie er mich an sich drückte, seinen Arm, seine Brust, die Hüfte spürend, kam ich mir dick vor, so sehnig war er.

Bestimmte Wörter müßte man einfach in die Waschmaschine stecken können.

Nein, ich meine nicht die Verabschiedung. Ich hätte gern gehört, was du noch über den Garten erzählt hast.

Ich habe ihnen die Stelle gezeigt, wo er Wein gepflanzt hat, am Fels, hinter dem Haus, dort staut sich die Wärme. Hier wächst ja alles ganz munter, kein Frost, viel Regen, aber es wird nichts richtig reif. Er hat versucht, die Trauben zur Reife zu bringen. Er hat sogar Spiegel neben den Reben aufgestellt. Es hat aber nichts genutzt. Nur einmal, ein einziges Mal, wurden sie reif, im Herbst 53, als er zu seiner letzten Reise nach Amerika aufbrach. Seine Witwe und die Kinder haben sie gegessen.

Ich wollte nochmals in den Garten hinuntersteigen und mir den Weinstock ansehen. Aber Marc sagte, da ist nichts mehr zu sehen. Der ist eingegangen. Und außerdem wolle er jetzt möglichst schnell nach Glen Lough, an einen Strand, wo er sich nach jeder Reiseführung erst mal reinigen müsse. Ein besonderer Ort, du wirst sehen.

Er parkte den Wagen in der Nähe eines kleinen Feldsteinhauses. Das Auto wurde von den Windstößen hin- und hergedrückt. Wir gingen an windschiefen Büschen und Bäumen vorbei zum Rand des Kliffs. Das Meer war schwarz aufgewühlt mit weißen Schaumstreifen. Tölpel stürzten sich von den Felsen und verschwanden weit draußen im Meer als schwarze Punkte. Von unten war das Dröhnen der Brandung zu hören, aus der ein salziger

Dunst aufstieg und vom Wind weit über das Land getragen wurde.

Wir stiegen die Klippen hinunter. Der Sturm prallte mit solcher Wucht auf das Kliff, daß ich immer wieder stehenbleiben und mich festklammern mußte. Von unten leuchtete der weiße Strand. Das Unerwartete an diesem Strand war, als wir unten ankamen, es war kein Sand und auch kein Muschelkalk, sondern es waren Steine, weiße runde und ovale Steine in unterschiedlichen Größen, abgeschliffen von der Brandung, und jede der zurückflutenden Wellen war von einem Knirschen nachrollender Steine begleitet.

Marc zog die Schuhe aus, krempelte sich die Hosenbeine hoch, ging ein paar Schritte ins Wasser, schöpfte es mit den hohlen Händen und ließ es sich über Haar und Gesicht laufen.

Kommst du mit?

Nein, jetzt nicht, sagte er, vielleicht später.

Ich zog mich aus und watete vorsichtig ins Wasser. Eiskalt war es. Unter mir bewegten sich die Steine, als wollten sie wegkriechen. Bei der Wucht der Brandung war nicht daran zu denken hinauszuschwimmen. Ich stand bis zu den Hüften im

Wasser, als sich plötzlich eine besonders hohe Welle vor mir brach und ich von einer dichten Gischt überschüttet wurde. Ich watete wieder an Land. Auf einmal war der Wind warm auf der Haut.

Marc saß am Ufer. Ich ging zu ihm und stellte mich vor ihn, nahm seinen Kopf in die Hände, er zog mich an sich, ich wollte ihn küssen, aber er schob mir vorsichtig den Kopf, den Oberkörper hoch.

Nein, bleib so stehen, sagte er, ruhig, ganz ruhig.

Im Aufwind des Kliffs standen zwei Möwen in der Luft, unbeweglich, dann kippten sie seitlich weg. Kurz leuchtete der Himmel blau hinter einer ausgefransten Wolke, wenig später bebte die Erde. Abermals mußte sich eine besonders hohe Welle gebrochen haben. Einen Augenblick später wurden dicke Schaumballen zu uns getrieben.

Salzig schmeckst du, sagte er, so salzig wie die Robben.

Ich lachte und fragte, ob es die hier überhaupt gäbe.

Viele sogar. Hier steigen sie an Land und rollen sich auf den Steinen. Darum heißt der Strand: der Robben Lust.

Gut. Sehr gut.

Woran denkst du?

Nicht an morgen, nicht an gestern.

Gut so. Du frierst. Komm, zieh dir was über, sagte er und ließ mich los.

Ich zog mir den Pullover über und die Hose an.

Marc zeigte mir die Steine. Er hatte auf sieben ovalen weißen Steinen mit einem schwarzen Filzstift Gesichter gemalt. Ein Gesicht mit einem dicken schwarzen Schnauzbart, eins mit langen Haaren und einem dünnen Oberlippenbart, ein Gesicht mit Stirnfransen, eins mit Brille. Alles Männer.

Da!

Er hielt mir den weißen Stein, der ein Gesicht mit Brille zeigte, hin.

Wer ist das? Leute aus der Reisegruppe?

Kalt, sagte er.

Politiker?

Ganz kalt.

Also wer?

Wie gut, daß niemand weiß, daß ich Rumpelstilzchen heiß. Er holte den silbernen Flachmann aus der Jackentasche und bot mir zu trinken an. Wärmt.

Ich nahm einen kleinen Schluck.

Gut?

Brennt.

Er trank zügig, schüttelte den Flachmann, horchte, wieviel noch darin war, sagte, muß ich nachfüllen, steckte ihn weg und betrachtete die vor ihm liegenden bemalten Steine. Dann stellte er sie in einer Reihe auf, und zwar so, daß sie alle auf das Meer hinausblickten.

Er nahm nochmals einen Schluck aus der Flasche, schraubte sie zu, gab sie mir zum Halten und sammelte mittelgroße Steine auf. Er stellte sich vor die Steinkopfreihe und begann, die weißen Eierköpfe zu bewerfen. Stein auf Stein, mit Wucht geschleudert, sie schlugen Funken, einige der Steinköpfe splitterten, er lachte, er rief: Scheißkerle, Motherfucker, Wichser, Nullen, ihr Nullen und begann zu brüllen, er geriet, was mich ein wenig erschreckte, regelrecht außer sich, schließlich stemmte er einen großen ovalen Stein hoch und schmetterte ihn auf den letzten der Eierköpfe, so daß mir die Steinsplitter an die Beine flogen.

Er war außer Atem, keuchte: So. Und ein wenig mehr zu sich als zu mir sagte er: Die Arbeit ist getan.

Welche Arbeit?

Eine Abrechnung.

Mit wem?

Er setzte sich auf einen großen runden Stein, sagte, komm, zog mich neben sich. Er zog wieder die Flasche aus der Jacke, darauf trinken wir. Auf Rumpelstilzchen!

Ich war mir nicht sicher, wie ich reagieren, was ich sagen sollte. Ich trank einen kleinen Schluck. Er trank die Flasche aus.

Er stand auf, ging hinunter, dorthin, wo die Wellen der Brandung zwischen den glänzenden Steinen ausliefen, und brüllte: Rage, rage against the dying of the light. Er stand da, blickte über das Meer und brüllte gegen das Brausen der Brandung an.

Auf der Rückfahrt nach Laugharne saßen wir nebeneinander, ohne zu sprechen. Er hielt meine Hand, ließ sie nicht los, auch dann nicht, wenn er schalten mußte. Er steuerte mit den Knien, griff mit der rechten Hand zum Ganghebel.

Wir gingen in ein Pub, in dem früher, wie Marc erzählte, oft Dylan Thomas gegessen und getrunken hatte.

Ein paar Einheimische saßen an den Tischen und ein deutsches Paar, eine junge Frau in einer Regenjacke, Jeans und schwarzen Lackschuhen, und ein grauhaariger Mann, der auffällig konservativ englisch gekleidet war, in einer Tweedjacke und ausgebeulten Cordhosen. Vielleicht lebte er in Wales, aber beide mußten hier oder in einem nahen Hotel wohnen, die Frau hätte sonst nicht diese dünnen schwarzen Lackschuhe tragen können.

Marc sagte, du mußt ein Bier trinken. Er hat hier getrunken. Abends, nach der Arbeit, kam er her und trank mit den Leuten, die man in *Unter dem Milchwald* wiedertrifft. Saß hier, mit Caitlin, seiner Frau.

Der grauhaarige Mann am Nebentisch sagte: Dann sitz ich vielleicht schon im Rollstuhl. Die junge Frau lachte und gab ihm wie zur Belohnung einen Kuß auf die Wange, ich schieb dich, sagte sie.

Marc wischte mir vorsichtig den Bierschaum von der Nase. Caitlin wurde schwanger. Sie hat in der Zeit viel gegessen. Wurde dicker und dicker. Und Dylan hat mitgegessen, Dollie Mixture, nannte er das, Süßigkeiten. Er mochte gern Süßigkeiten. Beide haben um die Wette gefressen, und beide waren im neunten Monat so fett, daß sie kaum durch die Türen kamen. Es gibt Fotos, da denkst du, auch er sei schwanger.

Marc bestellte sich noch ein Bier und sagte, weißt du, wir bleiben heute hier. Gehen in eine Pension. Gehört einem guten Bekannten. Wir fahren morgen. Dann kommen wir mittags an, können den Kamin anheizen und haben es abends richtig warm.

An einem der Nachbartische wurde never, never gerufen.

Ich will über sein Ende schreiben, das soll am Anfang stehen. In New York 1953. Anfang November. Er ging aus dem Chelsea Hotel, sagte: Ich muß was trinken, kam eineinhalb Stunden später zurück und sagte: Ich habe achtzehn Gläser Whisky pur getrunken. Ich glaube, das ist Rekord, sagte er und erwachte morgens mit dem Gefühl, ersticken zu müssen, kam ins Krankenhaus und lag fünf Tage im Koma. Als sein amerikanischer Verleger James Loughlin ihn in der Anatomie identifizieren mußte, hat die Frau auf die Frage, welchen Beruf der Tote gehabt habe, Apoet auf den Totenschein geschrieben. Apoet.

Marc bestellte sich einen doppelten Whisky. Mußt du auch probieren, ist wirklich gut, abgelagert, 15 Jahre.

Nein, ich nehm einen Sherry.

Ich stoß hier jedesmal auf ihn an. Ich denk, das müßte ihm gefallen. Beide haben hier getrunken, Caitlin und er. Und dann haben sie sich geprügelt. In der Öffentlichkeit. Gibt Fotos, da sieht man, er ist richtig blaugeschlagen von ihr. Sie war stark und ziemlich füllig und nannte sich selbst einen rosa Pudding aus unentschlossenem Fleisch, was sie nun gerade nicht war. Ziemlich entschlossen, aber chaotisch.

Er stand auf und ging zu dem Tisch hinüber, begrüßte dort ein paar Männer. Einer von denen hatte vorhin never gerufen. Ich hörte die Männer lachen. Sie sahen zu mir herüber, nickten, hoben die Biergläser, prosteten mir zu. Marc redete, und beim Reden hielt er die Zigarette weit von sich.

Marc hatte über Dylan Thomas promovieren wollen. In den Semesterferien hatte er als Reiseleiter gejobbt und Gruppen durch Irland, England und Wales geführt. Aber schon bald muß das zu seinem Hauptberuf geworden sein. Seit gut acht Jahren.

Die Dissertation wollte er nicht mehr schreiben, dafür ein Buch über Dylan Thomas und Wales. Kein Reiseführer im landläufigen Sinn, wie er sagte, sondern ein Buch, das diese Landschaft aus sich heraus beschreibt. Eine merkwürdige Formulierung, wie ich damals fand, die mir aber gefallen hat, so wie mir auch seine Begeisterung gefiel und natürlich auch, was er über meine Fotos sagte. Er hatte einige meiner Fotografien in einer Illustrierten gesehen und war zu einer Ausstellung in München gekommen. Dort hat er mich angesprochen. Er war auf der Suche nach Fotos für sein Buch über Wales. Keine Fotos, die einfach nur bebildern, nein, das Licht sollte das Thema sein, gebrochen an den Gegenständen. Man hat eben das, die Wolken, die nicht in Worte zu fassenden Wolken, das Gestein, Schlick, Sand, Wiesen, Bäume, Hügel und Berge. Die Fotos müßten diese Landschaft sichtbar machen, und zwar so, wie der Regen fällt, der große Wind kommt, die Wolken aufreißt, diese Wolken, die von weither kommen, aus dem Meer aufsteigen und hier, an der felsigen Küste, sich ausregnen, sintflutartig, auf die hügeligen Flächen, auf Gras, Schafe, duldsame, vermummte Menschen wie Schatten, dunkle Häuser, abgeschieden von allem, hörbar nur das Prasseln des Regens, und dann der Geruch nach verbranntem Torf, der Geruch nach Salz, das Schreien der Möwen – erst hier, hier habe er verstanden, warum die Matrosen glaubten, die Möwen seien die Seelen der toten Seeleute. Es sei das verzweifelte Schreien gegen den großen Wind, gegen das Brausen der Wellen, das steigt auf, durch die tiefen Einschnitte in langen Gischtfahnen, das wollte er beschreiben, die Ahnung davon, daß all dies nicht alleingelassen werden darf, begleitet werden muß durch das Wort, durch Gesang, daß dies gesehen werden muß, ja ertragen werden muß. Darum auch diese tiefe Religiosität, egal ob Anglikaner, Katholiken oder irgendwelche Sekten, nein, mehr noch, eben das, nicht etwa die Religion, sei der Grund, daß hier kaum jemand Selbstmord begehe, die geringste Selbstmordrate in Europa, dieses Ertragen der großen Einsamkeit, das ist der Grund, warum getrunken wird, der Schrecken vor diesem Gedanken: Es gibt keinen Gott, nur diese Wolken, die vom Meer kommen, das Gras, die Hügel, den Regen, der fällt, die Wolken, die weiterziehen, eine Landschaft ohne Menschen. Dafür wollte er Fotos, Fotos wie die, die ich in dem stillgelegten Braunkohlebergwerk in Brandenburg gemacht hatte, eine tiefe Narbe in der Erde, eine Wunde, offen, genau solche Fotos, die Licht zeigen, diese einzige Hoffnung Licht, ein Licht, das andererseits aber auch die Gegenstände deutlich aus sich heraustreten läßt, um sie im nächsten Moment wieder im Grau verschwinden zu lassen, das die Dinge in ihrer Verlassenheit zeigt. Die prächtigsten Preislieder werden im Dunkeln geschrieben.

Ich habe ihm damals in der Galerie zugehört und ihn beim Sprechen beobachtet, sein unrasiertes, hageres Gesicht, sein braunes Haar, das ihm so eigensinnig in die Stirn fiel, das ausgebleichte schwarze Sweatshirt, unter dem sich die Knochen seiner Schultern abzeichneten. Ich war noch an dem Abend zu ihm gegangen, und wir hatten zusammen geschlafen. Es war das erste Mal seit fast drei Jahren, seit der Trennung, daß ich wieder mit einem Mann zusammen war, und es war so, wie ich zuvor mit niemandem zusammengewesen war. Wer sagt, alles sei, schläft man miteinander, ziemlich ähnlich, hat keine Ahnung. Es ist so anders, weil das Herz, dieses dumme Herz, seinen ihm gemäßen Schlag sucht, schnell, die winzigen Reize, diese zarte Berührung in eben dem Moment verlangt, und so sich selbst, also auch seine Wünsche vergißt und durch den anderen zu sich selbst findet. Und das Aussprechen, im richtigen Moment, was man selbst aussprechen würde und so, daß es nicht in den immer gleichen Worten gesagt wird, nicht in Worten, die man erst waschen müßte, wie auch dieses: Ich liebe dich. Ich habe es nicht oft benutzt. Und dachte, ihm könnte ich es sagen, ihm wollte ich es sagen.

Er wälzte sich auf den Rücken. Ein Schauder, plötzlich war die Außenwelt wieder spürbar, übertrieben deutlich fast, die Temperaturunterschiede im Zimmer, hier an der rechten Körperseite, wo der Kamin war, und an der anderen, wo deutlich ein kühler Luftzug wehte. Der Schweiß zwischen den Brüsten. Im Kamin brannten die Holzscheite. Holz, das der Wirt am Strand sammelte, in einem Schuppen trocknete, Holz, das aus großen Fernen hier angeschwemmt wurde, gewaltige Baumstämme aus Kanada, aus Südamerika, Rundholz von Schiffsladungen, große und kleine Äste, poliert von der See und dem Sand, wie dieses große ausgebleichte Wurzelstück, das knackend brannte.

Ich würde jetzt gern lesen, was du geschrieben hast, sagte ich.

Marc trank aus der Flasche. Er trank diesen, wie er behauptete, unvergleichlichen Whisky, von dem er sich im Ort fünf Flaschen gekauft hatte. Er hustete, hatte sich verschluckt. Ich klopfte ihm den Rücken. Ich klopfte ihm mit der Faust auf den Rücken.

Schon gut, sagte er.

Ist es besser?

Hab nichts hier. Ich hab alles zu Hause gelassen.

Wir hatten besprochen, auf der Reise an diesem Buch zu arbeiten. Ich dachte, er würde jetzt einen Grund nennen, warum er sein Manuskript zu Hause gelassen hatte. Aber er lag da, das zusammengeknautschte Kissen unter den Kopf geschoben, und rauchte.

So lagen wir einen Moment nebeneinander, ohne etwas zu sagen. Und ich dachte, daß die Raucher es doch leichter haben, sie haben ihre Beschäftigung, kleine Tätigkeiten, das Anzünden, Rauchen, Inhalieren, Asche Abstreifen, ohne daß je das Schweigen als drückender Mangel erscheint.

Es gibt keinen Ort, sagte ich nach einiger Zeit, wo man es mit sich selbst besser ertrüge als in diesem Haus, denke ich, mit diesem Blick auf die Bucht. Ich habe Fotos gesehen, seine Frau, die rotblonde Frau mit den drei Kindern. Es ist doch merkwürdig, daß sie, als er starb, sich so bald in einen Italiener verliebt hatte und nach Sizilien gezogen war.

Und weil Marc nichts sagte, nur dalag und rauchte, sagte ich noch: Catania ist wahrscheinlich auch das genaue Gegenteil zu diesem Meer, diesem Wind und diesem Haus.

Sie hat ihn nicht verstanden, sagte er. Eine Frau. Sie hat ihn nicht verstehen können. Sie haben sich geprügelt, zusammen getrunken, aber sie hat ihn einfach nicht verstanden. Nichts. And I rose/In rainy autumn/And walked abroad in a shower of all my days.

Ich lag neben ihm, hörte das Knacken des brennenden Holzes und den Regen, der gegen die Fensterscheibe drückte. Vielleicht hätte ich jetzt nicht nachfragen sollen, einfach weiter auf den Regen lauschen, aber ich hätte mich dann über mich geärgert, und so sagte ich: Vielleicht hat aber auch er sie nicht verstanden.

Ach was! Er warf die Decke von sich, so daß sie auf mich fiel. Er stand auf und holte sich ein neues Päckchen Zigaretten aus der Reisetasche.

Willst du, fragte er und hielt mir die Flasche hin.

Nein, danke.

Er zündete sich eine Zigarette an, inhalierte, setzte sich auf die Bettkante, aber so, daß er mich nicht ansehen mußte. Oben im rechten Schulterblatt hatte er eine ungefähr sechs oder sieben Zentimeter lange gerade Narbe, so als hätte ihm jemand ein Messer hineingestoßen. Er selbst konnte es nicht gewesen sein, und ich wunderte mich, wie ich auf den Gedanken kam, er könne sich selbst gestochen haben. Ich fuhr mit dem Mittelfingerknöchel über seine Rippen.

War doch nur eine Frage, erklärte ich, um diese Irritation, diese winzige Mißstimmung, die durch die Frage entstanden war, wieder zu beheben.

Schon gut, sagte er, blieb aber so sitzen, rauchte, trank und sah vor sich hin.

Ich stand auf und ging ins Badezimmer. Ich knipste den elektrischen Heizofen an, der über dem Spiegel hing, und setzte mich auf das Klo. Ich hatte mir für diese Reise die Pille verschreiben lassen, erstmals seit drei Jahren wieder. Eine lange Vorbereitung, die etwas absichtsvoll Technisches bekam, so daß ich mir mehrmals überlegt hatte, ob ich die Pille nicht wieder absetzen sollte. Es einfach drauf ankommen lassen. Der Gang zum Arzt, zur Apothekerin, die mich kannte und ein einvernehmliches Lächeln zeigte. Ich hatte ihr dann auch gesagt, daß ich wegfahre, drei Wochen, nach England, genauer nach Wales. Wandern, Schwimmen. Ja.

Und sie sagte, man sieht es Ihnen an. Sie strahlen ja richtig.

Ja, ich strahlte. Ich zählte die Tage, die wie Schildkröten krochen, bis vorgestern, als ich endlich ins Flugzeug steigen konnte. Und hätte man mich gefragt, was ich fühle, ich hätte nur sagen können, die reine, reine Freude.

Ach was. Es war dieses Schroffe, die Betonung, kurz, hart: Ach was. Und es war die Decke, die er auf mich geworfen, nein, regelrecht geschleudert hatte, wie ein Schlag, ein verlängerter federleichter Schlag. Und zugleich sagte ich mir, daß ich das alles übertrieben sah, unverhältnismäßig vergrößert durch diesen Wunsch nach Einvernehmen, ja genau dieses Wort war es.

Ich saß da, bis ich zu frösteln anfing.

Ich stand auf, wusch mir das Gesicht, den verschmierten Lidschatten, und ging hinein.

Marc lag auf dem Bett zur Seite gedreht, auf den rechten Ellenbogen gestützt, und ich dachte, er spielt, es klimperte, ich legte mich zu ihm, drängte mich an seinen Rücken, fragte, was machst du da? Er drehte mir nur kurz den Kopf zu, sagte: Das geht dich einen Scheißdreck an.

Sag mal, sagte ich, aber dann fehlten mir Worte, Sätze.

Er schob die Münzen und Scheine zusammen, stand auf und ging ins Bad.

Es war wie ein Schock, der jede Reaktion, auch das Sprechen lähmte. Ich hätte sagen können: Bist du wahnsinnig. Was fällt dir ein? Wie kannst du so reagieren? Und warum reagierst du so? Aber auch das wäre falsch gewesen. Falsch wie vielleicht auch die Frage, die ich gestellt hatte. Und ich merkte wieder einmal, daß ich, kam es zu Streitigkeiten, mich immer mit diesem Mehrverständnis für den anderen selbst ins Unrecht zu setzen versuchte. Hätte ich gar nicht fragen sollen? Hätte ich, um ihm eine goldene Brücke zu bauen, sagen sollen, ich habe auch immer gezählt, damals, als ich als Aushilfskraft in einem Café gearbeitet habe? Aber das hätte es noch schlimmer gemacht. Ich hatte es nicht so schnell begriffen. Es war eine Floskel, um ins Gespräch zu kommen, keine wirklich neugierige Frage.

Es war nur dieses hilflose *Sag mal* herausgekommen.

Kurz darauf kam er angezogen aus dem Bad.

Tut mir leid. Das ist mir so rausgerutscht. Ich muß was trinken.

So, wie er das sagte, war deutlich, er wollte allein sein. Und er ging dann auch raus, ohne zu fragen, ob ich mitkommen wollte.

Ich zog mich an, das war das erste, dieses peinliche Gefühl, so entblößt zurückzubleiben, diese plötzlich unangemessene Nacktheit, eine peinliche Nacktheit.

Bisher hatten wir uns nur viermal getroffen und jedesmal nie länger als drei Tage. Und es war jedesmal ohne Mißstimmung, ohne jeden Schatten gewesen.

Ich saß am Kamin, versuchte zu lesen, aber die Gedanken liefen mir immer weg. Es blieb mir nur diese Strophe in Erinnerung: That his tears burned my cheeks and his heart moved in mine.

Ich war eingeschlafen und schrak hoch, als er ins Zimmer kam. Er rannte gegen den Schrank, ließ sich schwer ins Bett fallen, redete dabei Englisch, aber unverständlich. Er roch nach Rauch und Whisky. Ein Geruch, den ich nicht mag, dieser Gestank, der nicht nur der Kleidung, sondern auch der Haut anhaftet. Es war kurz nach drei Uhr nachts. Er stemmte sich hoch. Er war so betrunken, daß er versuchte, in die Ecke zu pinkeln. Ich führte ihn zur Toilette. Dort schlief er ein. Es gelang mir nicht, ihn hochzuziehen. Er schlief auf dem Klo sitzend ein, den Oberkörper, den Kopf an die Wand gelehnt, die Wange schief verrutscht an einer Kachel.

Ich lag lange wach. Von draußen war das Husten eines Schafs zu hören. Ein bellender, würgender Laut. Und jedesmal wieder lauschte ich unruhig und voller Schrecken auf dieses gequälte Husten. Irgendwann gegen Morgen schlief ich ein, und irgendwann mußte er aufgewacht sein, jedenfalls lag er morgens in Hose und Hemd im Bett, an einem Fuß einen Schuh, der andere nackt. Ich überlegte, ob er gestern nacht nur einen Schuh angehabt hatte. Wahrscheinlich nicht, denn sonst wäre es mir wohl aufgefallen. Er schlief. Ich überlegte, ob ich ihn wecken sollte, ließ es aber. Sicherlich wäre es ihm peinlich gewesen, so gesehen zu werden. Ich zog die Bettdecke über seine Beine, auch über den Schuh, der mit Lehm und Dreck beschmiert war. Ich duschte und zog mich an und schminkte mich besonders sorgfältig. Ich ging hinunter, setzte mich an den Tisch, der für das Frühstück gedeckt war. Ein reichliches Frühstück mit Toast, Käse, Schinken, Marmelade und Honig. In dieser Stube, die hell gestrichen war, mit Borden, auf denen kleine Keramikfiguren standen, weiße Reiter und Seeleute, die zum Abschied winkten. Hier war es gleichgültig, wie das Wetter draußen war, ob die Sonne schien oder der Regen fiel. Ich überlegte, was ich sagen sollte, wenn er käme. Denn eines war unmöglich, so zu tun, als sei nichts vorgefallen. Zwischen uns hatte sich etwas Grundlegendes verändert. Ich begann, was sich sonst nur nach längerem Bekanntsein einstellt, auf seine Schwächen Rücksicht zu nehmen.

Ich hatte eben den zweiten Kaffee getrunken, da kam er herunter, seine Augen zwei schwarze Löcher. Er trug eine Sonnenbrille mit runden Gläsern, schwarz und undurchsichtig, wie ich sie nicht ausstehen kann. Sein Gesicht war verquollen, und auf der linken Wange war noch immer das Muster der Badezimmerkachel zu sehen.

Hallo, ist etwas viel gewesen, gestern.

Ja, sagte ich, ich bin eingeschlafen, hab dich nicht mehr kommen hören.

Hab noch Freunde getroffen, hier, aus dem Ort.

Wir saßen am Tisch und konzentrierten uns darauf, die Brötchen zu schmieren. Als wir beide zur gleichen Zeit zur Kaffeekanne langten, streckte ich ihm über den Tisch die Hand entgegen und sagte: Komm. Mir fiel nichts anderes ein als dieses: Komm!

Er nahm die Hand, sagte: Schon gut.

Er hätte alles sagen können, nur nicht schon gut. Er hätte sagen können: Ich war fertig, die Leute nerven mich, diese pensionierten Englischstudienräte mit ihren bildungsbeflissenen Fragen. Und er hätte sagen können: Es ist gräßlich, Trinkgeld zu bekommen. Ich habe mir mein Leben anders vorgestellt. Ganz anders. Ich will schreiben. Ich wollte schreiben, wollte Gedichte schreiben wie er. Es ging nicht. Es geht nicht. Ich schaff es nicht, ich weiß nicht, warum. Ich bin nach so einer Reise fertig. Er hätte sagen können: Mit deinem Gefrage hast du mich genervt. Er hätte sagen können: Du redest zuviel. Er hätte auch sagen können: Du bist mir gestern abend auf den Wecker gefallen. Aber er sagte: Schon gut.

Einen Moment mußte ich meine Enttäuschung, die in Empörung, ja in Wut umzuschlagen drohte, herunterkämpfen.

Ich zerschnitt den Dotter auf dem Teller, das Gelb lief aus, tropfte mir von der Gabel. Es war keine gute Idee, dachte ich, zu der Reisegruppe zu stoßen. Ich hätte erst heute kommen sollen. Er wäre zu seinem weißen Steinufer gefahren, hätte getrunken, nachts geschlafen, und wir hätten uns heute morgen getroffen. Ein neuer Anfang. Er hätte mir das Haus, die Orte von Dylan Thomas auch allein zeigen können. Aber er war es gewesen, der darauf bestanden hatte, daß ich mich am Schluß der Reise der Gruppe noch anschließen sollte, all diese netten gebildeten Leute, er hatte mich vorgestellt als eine bekannte Fotografin, die sein Buch mit Fotos ausstatten würde. Ein wenig hatte es mich gestört, wie er mich vorstellte, indem er das, was ich tat, so heraushob.

Ich trank aus der Tasse und sah, sie zitterte in meiner Hand.

Ich hab schon gepackt, sagte er, ich warte unten auf dich.

Im Vorraum sah ich seine Reisetasche stehen. Ich ging ins Zimmer, um meine Sachen einzupacken. Die Bettdecke hatte er über das Bett gelegt, als ich sie herunternahm, sah ich, dort, wo er gelegen hatte, war das Laken feucht. Er mußte versucht haben, den Schmutz von seinem Schuh auszuwaschen. In dem Moment tat er mir leid, und ich mußte mir gleichzeitig sagen, daß dieses Mitleid kein gutes Gefühl für den Anfang ist.

Ich trug meine Tasche hinunter. Er saß schon im Wagen, sagte: Na, denn.

Er fuhr halsbrecherisch. Wir sprachen nicht miteinander und sahen geradeaus. Ich dachte an das Haus, das er sich gekauft hatte, das einsam lag. Und ich hatte Angst vor den Tagen, auf die ich mich so sehr gefreut hatte, daß ich die letzten Wochen wie ein Gefangener jeden Tag auf dem Kalender in der Küche ausgestrichen hatte, noch neun Tage, noch acht, noch sieben, eine kindische Tätigkeit, wie ich mir jedesmal sagte, aber von der ich dennoch nicht lassen mochte. Zwei Wochen, in seinem Haus, allein mit ihm. Und dann sagte ich mir wieder, daß ich alles übertrieb, daß mein dummes Herz nur ängstlich war. Und ich dachte an Dylan Thomas, wie der mit seiner Frau in diesem wunderschönen Haus an der Bucht gelebt hatte, wie sie gemeinsam tranken, sich in immer größere Einsamkeit hineingetrunken hatten. Was bedeutet die geringste Selbstmordrate, wenn das Trinken auf einen langsamen Selbstmord hinausläuft? Achtzehn Whisky pur. Wie er sich langsam bewußtlos getrunken hat, wie die beiden sich geschlagen haben, in einem Haß, der nicht behebbar war, nicht so, wie sie zusammenlebten, nicht so, wie jeder für sich allein lebte, bis er endlich in die Bewußtlosigkeit stürzte, aus der er nicht mehr erwachte, und wie sie, Caitlin, ihm in einem Abschiedsbrief geschrieben hatte: Fühl Dich bitte so frei wie ein Stück Scheiße, ein Brief, der ihn im Koma erreichte, den er also nie hatte lesen müssen, und wie sie dann nach Catania gegangen war, endlich, in die Sonne, ins Licht, dorthin, wo man nicht mehr aus der Dunkelheit die Sonne besingen muß.

Was ist aus ihren Kindern geworden? wollte ich wissen.

Die? Die verknuspern wahrscheinlich die Tantiemen.

Danach fuhren wir, ohne etwas zu sagen, wir sahen beide geradeaus auf die Straße und ich oft seitlich zum Fenster hinaus über die Hügel, über die Weiden. Schafe standen da, schwer in der Nässe ihres Fells. Hin und wieder trank Marc aus der Taschenflasche. Er bot sie mir nicht an, er wußte, daß ich nichts trank, aber jetzt, genau jetzt, hätte ich getrunken. Ich wollte ihn schon darum bitten. Als plötzlich der Hund auftauchte. Er stand in der Mitte der Straße.

Vorsicht, schrie ich.

Marc bremste nicht, fuhr auf den langsam wegtrottenden Hund zu. Es gab einen kurzen dumpfen Stoß, nicht laut, fast beiläufig.

Halt an, schrie ich, los, sofort. Hätte er nicht gehalten, ich hätte ihn geschlagen.

Ich stieg aus, lief zu dem Tier, das in dem Regen

lag, die Vorderpfoten bewegten sich noch, leise, als versuche es immer noch, wegzulaufen.

Er war im Rückwärtsgang zurückgefahren, hielt, rief aus dem Fenster, los steig ein. War doch nur ein Straßenköter.

Ich ging zum Wagen, nahm meine Reisetasche vom Rücksitz, die Fototasche und sagte: Verschwinde!

Er lächelte, und ich sah dieses in das Lächeln hineingelegte Bemühen, es sollte überlegen wirken.

Verschwinde!

O. K. Ich trink erst mal ein Bier. In einer Stunde komm ich vorbei, dann hast du dich abgekühlt. Übrigens, du siehst klasse aus, wie aus einem film noir. Also. Bis nachher. Er fuhr los, ich sah in dem dicht fallenden Regen die Bremslichter. Ich dachte, er würde abermals halten, zurücksetzen, aber er hatte nur vor einer weiter entfernt liegenden Kurve gebremst.

Ich stand in dem Regen, der in Fetzen vom Himmel fiel. Das Wasser lief mir in den Kragen meines schwarzen Lackmantels, ich fror, sah hinüber in das tiefe Grau, ich begann zu weinen, weinte, daß es mich schüttelte, so, wie ich seit meiner Kindheit nicht mehr geweint habe. Kurz darauf tauchten zwei Lichter im Regen auf. Ein kleiner Laster kam und hielt. Ein Mann saß darin mit einer übergroßen Stoffmütze, wie man sie von Fotos aus den zwanziger und dreißiger Jahren kennt. Der Mann rief mir etwas zu, aber ich konnte sein Englisch nicht verstehen. Er winkte mir, ich solle einsteigen. Ich schob die Taschen hinter die durchgehende Sitzbank und stieg ein.

Das Wasser tropfte mir aus dem Haar, mein Gesicht war naß. Ich mußte lachen, als ich daran dachte, wie sorgfältig ich mich heute morgen geschminkt hatte, so, als sei alles noch einmal in eine perfekte Form zu bringen. Und dabei, dachte ich, wäre es vielleicht besser gewesen, heute morgen abzureisen, und – wie kommt man auf so einen Gedanken? – vielleicht liefe dann auch noch der Hund im Regen herum. Der Mann lachte mir zu, reichte mir die Thermoskanne. Darin war Kaffee, kein Tee, wie ich erwartet hatte. Heißer Kaffee, schwarz, stark und süß. Vorsichtig hielt ich den Becher, um nichts zu verschütten.

Er machte einen Umweg, um mich zum Bahnhof von Swansea zu fahren. Ich bedankte mich und fragte ihn, ob ich ein Foto von ihm machen dürfe. Er stieg aus und lachte, lacht auch auf dem Foto. Deutlich ist die Zahnlücke zu sehen, ein Lachen, offen, unverstellt, und doch ein wenig listig. Ein Schwarzweißfoto, das einzige Foto, das ich in Wales gemacht habe. Ich habe es mir in der Küche an die Wand gepinnt. Blicke ich beim Frühstücken hoch, sehe ich diesen Mann und im Hintergrund, ein schöner Zufall, rechts oben zwei Möwen im Flug, deutlich vor jenem dunklen Stück Himmel, das der große Wind gerade in dem Augenblick in die Wolkendecke gerissen hatte.

Uwe Timm im dtv

»Als Stilist und Erzähler sucht Uwe Timm in Deutschland seinesgleichen.«
Christian Kracht in ›Tempo‹

Heißer Sommer
Roman
ISBN 978-3-423-12547-5

Johannisnacht
Roman
ISBN 978-3-423-12592-5

Der Schlangenbaum
Roman
ISBN 978-3-423-12643-4

Morenga
Roman
ISBN 978-3-423-12725-7

Kerbels Flucht
Roman
ISBN 978-3-423-12765-3

Die Entdeckung der Currywurst · Novelle
ISBN 978-3-423-12839-1
und dtv großdruck
ISBN 978-3-423-25227-0

Römische Aufzeichnungen
ISBN 978-3-423-12766-0

Nicht morgen, nicht gestern
Erzählungen
ISBN 978-3-423-12891-9

Kopfjäger
Roman
ISBN 978-3-423-12937-4

Der Mann auf dem Hochrad
Roman
ISBN 978-3-423-12965-7

Rot
Roman
ISBN 978-3-423-13125-4

Am Beispiel meines Bruders
ISBN 978-3-423-13316-6

Der Freund und der Fremde
ISBN 978-3-423-13557-3

Michael Köhlmeier im dtv

»Michael Köhlmeier verfügt über die darstellerischen Mittel, seine Charaktere ganz aus sich selbst entstehen zu lassen, ohne Deutung und Erklärung, und dabei auf unmerkliche Weise die Zwangsläufigkeit ihres unentrinnbaren Geschicks zu zeigen.«

Die Zeit

Dein Zimmer für mich allein

Erzählung

ISBN 978-3-423-**08226**-6

»Eine Liebesgeschichte der reinen Möglichkeitsform.«

Süddeutsche Zeitung

Abendland

Roman

ISBN 978-3-423-**13718**-8

»Michael Köhlmeiers Jahrhundertexpedition führt zu den Abgründen der Politik, den Versessenheiten und Absurditäten der Menschen und ihren Schwierigkeiten, zu leben und zu lieben. ›Abendland‹ ist ein Roman, wie er selten geschrieben wird, tollkühn, inspirierend und fesselnd.«

Die Zeit

dtv

BOOKS TO GO

Irene Dische: Der Doktor braucht ein Heim (8221)
Ingo Schulze: Eine Nacht bei Boris (8222)
Charles Bukowski: Opfer der Telefonitis (8223)
Alex Capus: Etwas sehr, sehr Schönes (8224)
Alessandro Baricco: Novecento (8225)
Michael Köhlmeier: Dein Zimmer für mich allein (8226)
T. C. Boyle: Guten Flug (8227)
Uwe Timm: Das Abendessen (8228)
Henning Mankell: Der Mann am Strand (8229)
Arno Geiger: Im Regen (8230)
Margriet de Moor: Morgendämmerung (8231)
Maxim Biller: Der echte Liebermann (8232)